Les échos du silence

Du même auteur

Aux Éditions Gallimard

Le livre des nuits
Nuit-d'ambre
Jours de colère
L'enfant méduse
La pleurante des rues de Prague
Immensités
Éclats de sel
Céphalophores

Aux Éditions Maren Sell & Cie

Opéra muet

Aux Éditions Flohic

Vermeer

Sylvie Germain

Les échos du silence

"Littérature ouverte"

DESCLÉE DE BROUWER

76 *bis*, rue des Saints-Pères, 75007 Paris
ISBN 2-220-03835-1

Aux sept moines
de Notre-Dame de l'Atlas

« Il est temps que l'on sache !
Il est temps que la pierre consente à fleurir,
Qu'à l'errance batte un cœur.
Il est temps qu'il soit temps.

Il est temps. »

Paul CELAN, *Corona*

Impropères

« Mais j'ai à parler à Chaddaï,
je veux faire à Dieu des remontrances. »

(Jb 13,3)

DANS la nuit du Vendredi saint, dans l'obscurité de l'église où ne vacillent que les flammes des cierges, après que les fidèles ont processionné vers le sanctuaire où se dresse la Croix dénudée qu'ils sont allés vénérer en silence, un chant s'élève – les Impropères.

L'autel est encore nu – table rase, et le tabernacle est vide.

« Ô mon peuple, que t'ai-je fait ?
En quoi t'ai-je contristé ? Réponds-moi… »

Un chant sourd de la pénombre, du tabernacle vide – les Impropères.

Douces et douloureuses stances de reproches que Dieu est censé adresser à son peuple « égaré par l'amertume, au cœur fermé », à la courte mémoire, et aux pensées volages, obtuses, arrogantes ou impies.

Ces reproches sont en fait moins des blâmes que des plaintes, et sont bien plus empreints de tristesse, d'amour bafoué, que de colère. Ils expriment une espérance déçue, tombée en déshérence. Mais qui ne renonce pas.

« Moi, depuis l'aurore des mondes,
j'ai préparé ton aujourd'hui ;
toi, tu rejettes la vraie Vie
qui peut donner la joie sans ombre.
Ô mon peuple, réponds-moi ! »

*
* *

Depuis l'aurore des mondes Dieu aurait donc préparé nos aujourd'hui. Mais de quelle préparation s'agit-il, en quoi consiste-t-elle, quels sont les signes qui la rendraient visible, où sont les traces de ce souci ?

En cette fin de siècle qu'inaugura un grand désastre et qui aura été de part en part traversé par la violence, foulé à outrance par le mal, on ne trouve guère de signes ayant la transparence de l'aube originelle, la luminosité d'une tendresse surnaturelle. Parmi les cendres et les décombres des innombrables jours qui auront composé ce siècle meurtri à la mesure de sa férocité – ce « siècle mien, ô mienne bête » ainsi que l'interpellait Ossip Mandelstam dans un poème écrit en 1923 et dont les mots déjà débordent sur le siècle à venir, seul le passage d'un fauve semble avoir laissé sa marque, en creux béant, et à foison.

« Ô mon beau, mon triste siècle !
Et souriant stupidement,
Tu te retournes, cruel et faible,
Tel un fauve qui fut souple,
Vers la trace de tes pas. »

Si l'on se penche sur les erres de ce siècle prédateur on peut voir trembler en leur fond des regards par millions, hallucinés de faim, de souffrance et d'effroi, on peut entendre des voix par millions crier, gémir, supplier, et réclamer leur dû : leur dû de vie volée, de justice, de sens et de lumière. Tous ces pas sont des suaires où par myriades affleurent les visages des victimes.

Mais, aussi attentivement que l'on scrute ces traces noircies de sang, de larmes, on n'y décèle ni regard ni voix de Dieu, nul reflet de sa face qui se serait inclinée vers les hommes en détresse, leurs enfants suppliciés pour répondre à leurs cris, leurs appels, à leur attente illimitée et demeurée vacante.

Devant un tel silence on est tenté de conclure au scandale, à l'outrage, car tous ces pas de fauve qui apposent sur la terre avec une folle prodigalité leurs sceaux de mort et d'infamie semblent autant de preuves de l'absence de Dieu, ou, pire, de son indifférence.

Au seuil du nouveau siècle les mots de Mandelstam aiguisent leur écho, font ressac et alarme :

« Le siècle de cette jeune terre
Est pareil au cartilage de l'enfant,
A nouveau, tel un agneau, on apporte
En sacrifice l'occiput de la vie.
[...]
Le siècle fait frémir la vague
D'angoisse humaine,
Et dans l'herbe la vipère respire,
A la mesure d'or du temps. »

Le fauve et la vipère – le corps et l'esprit du mal – sont toujours et encore à l'œuvre sur la terre, en action dans l'Histoire, fauchant la vie à l'aveuglette, sans fin bafouant tant la justice que la charité, brisant l'espoir jusqu'à même souvent « déraciner comme un arbre » l'espérance des justes et des fidèles, ainsi qu'il en fut pour Job, homme de foi, de loyauté et de haute exigence mis à l'épreuve à un degré extrême et qui lutta, front contre front et seul, absolument, avec l'insoutenable silence de Dieu.

« Je crie vers Toi et tu ne réponds pas ;
je me présente sans que tu me remarques »
(Jb 30,20).

*
* *

Nous sommes au temps des génocides.

La terre est peuplée d'Abel de tous âges, de toutes races, qui gisent dans la boue, dans l'oubli. Le ciel est empesté de fumées âcres qui furent les corps, les regards, les sourires d'Abel de tous âges et de toutes nations. La terre, le vent, le ciel, les fleuves et les mers sont de vastes tombeaux où mugit la clameur d'un peuple indénombrable d'Abel inconsolés. Le peuple du Dieu unique.

Et ce Dieu fait silence. Comment alors, sur fond d'un tel silence assourdissant les victimes peuvent-elles entendre ces Reproches adressés par Dieu à son peuple ?

« Moi, j'ai brisé tes liens d'esclave,
j'ai fait sombrer tes ennemis ;
toi, tu me livres à l'ennemi,
tu me prépares une autre Pâque,
ô mon peuple, réponds-moi. »

Tant sont restés, jusqu'à la mort, dans les fers et les chaînes, esclaves que nul ne libéra, martyrs que nul ne sauva. Toutes les victimes livrées aux bourreaux sont les agneaux d'une autre Pâque, d'une anti-Pâque toujours recommencée, laide comme la haine et comme la bêtise ; ils sont légion ceux qui ont espéré un signe de Dieu, et ne l'ont pas reçu.

Ils furent jetés en pâture à l'angoisse sans que la grâce vienne faire contrepoids au néant.

Contre la mort désolée de tous ceux-là, les Impropères se heurtent et refluent vers leur source.

Nous sommes au temps des génocides.

Qui ne dit rien et ne fait rien face aux massacres consent, se constitue obliquement complice. Qui se tient muet face aux désastres est coupable de non-assistance à enfants, à hommes et à femmes en extrême danger. Coupable de non-alliance avec autrui, de trahison de la fraternité, de reniement de l'humain. Coupable de parjure à l'amour, au respect, au souci dû à l'autre. Coupable d'indifférence à l'égard du souffrant, du suppliant. Coupable donc de ralliement tacite au mal.

Que peuvent alors répondre les victimes à ces Reproches venus d'un Dieu si soupçonnable ?

« Moi, j'ai pris part à ton exode,
par la nuée je t'ai conduit,
toi, tu m'enfermes dans ta nuit,
tu ne sais plus où va ma gloire,
ô mon peuple, réponds-moi. »

Comment pourraient-ils savoir où va la gloire de Dieu, quand la pitié de celui-ci ne s'est jamais manifestée à eux aux heures les plus livides et esseulées de leurs souffrances ? Que reste-t-il à penser à ceux dont nul ne partage l'exode, à ceux qui demeurent enfermés dans la double nuit du monde et du silence ?

Si dense, glacée est cette double nuit que les Impropères s'y engloutissent et sombrent dans la bouche de celui qui les proféra.

Nous sommes au temps des génocides.

Dieu, dont le nom « El Chaddaï » signifie « Celui qui dit assez », qui imposa des limites à ce monde lorsqu'il le créa, pourquoi a-t-il cessé de restaurer les limites quand les violents les brisent et perdent toute mesure ? Ne voit-il pas jusqu'où va la misère, la douleur des victimes ? Leur agonie s'étend pourtant bien au-delà des capacités humaines ; très au-delà du seuil d'endurance du corps humain, du seuil de force et de patience du cœur humain, du seuil de résistance de la pensée, de la raison. Au-delà même de l'horizon des âmes dévastées par son silence.

El Chaddaï ne dira donc jamais « ça suffit » ?

Alors n'y a-t-il pas scandale pour les victimes à entendre ces Reproches d'un Dieu qui inverse les rôles ?

« Moi, j'ai envoyé mes prophètes,
ils ont crié dans ton exil ;
toi, tu ne veux pas revenir,
tu deviens sourd quand je t'appelle,
ô mon peuple, réponds-moi. »

C'est vrai, il fut un temps où Dieu parlait. Tout, même, aurait commencé de par le seul pouvoir éblouissant de son Verbe. Il dit et fit, d'un unique élan. Une Parole en acte, impérative et créatrice. Il dit et fit : la lumière, le firmament, les continents, les végétaux, les astres, tous les êtres vivants, et l'homme enfin. Il dit et fit et il bénit. Puis il sema son Verbe sur la terre des hommes, ensemença le désert d'une manne de paroles – le don de l'Alliance, la Loi dictée dans le tonnerre et gravée dans la pierre.

Il s'inquiétait de l'homme quand celui-ci s'égarait loin de lui, se détournait et lui mentait. « Où es-tu ? » (Gn 3,9). Il interpellait l'homme quand celui-ci versait le sang de son frère, et il lui demandait compte du sang répandu. « Où est ton frère ? » (Gn 4,9). Sa voix ne cessait de se lever, de retentir, de retendre des fils d'aube et de sel sous les pas des prophètes, ces hommes funambules qui obtenaient toujours réponse à leurs questions, information sur leur mission. Dieu dispensait le sens, la lumière et la vie, il dialoguait avec ses vagabonds des sables. « Une voix dit : "Crie", et je dis : "Que crierai-je ?" » (Is 40,6).

Nulle voix ne crie plus désormais, seulement celle des justes mis à l'épreuve. Ce sont eux qui prennent l'initiative d'interpeller Dieu, lequel reste sourd à leurs appels. Ils crient, ils prient, dans l'exil absolu de Dieu, ils

LOURDES - 65100
La Grotte Miraculeuse
The Miraculous Grotto
La Grotta Miracolosa
De Vonderbarlijke Grot

offset color ADIA

Editions P. CHAMBON - 4, rue Hôtel de Ville - LOURDES
Collection « YAN » - Tél. 94.04.35 - Reproduction interdite

image de France
Imprimée en France

52

le conjurent de se manifester, de faire miséricorde. Ce sont les hommes qui cherchent Dieu, et qui demandent : « Où es-Tu ? Où sont nos frères ? »

Mais à force d'appeler dans le vide certains désespèrent au point de conclure : « Ça suffit. » Ça suffit, ce silence a tant duré qu'il ne peut qu'être la preuve de l'inexistence de Dieu – la signature acide du néant.

Et tous les Impropères se délitent en poussière.

Nous sommes au temps des génocides.

Dans le gigantesque procès de culpabilité qui pourrait être ouvert aux assises de l'Histoire, doit-on citer le nom de Dieu, et déclarer Dieu contumace ? Et va-t-on ressasser jusqu'à la fin des temps l'antique plainte de Job, la moduler sur tous les tons, dans toutes les langues, énumérant chaque fois de nouveaux maux, de nouveaux crimes, de nouveaux noms du malheur, en nombre indéfiniment croissant ?

> « Sachez que Dieu lui-même m'a fait du tort
> et enveloppé de son filet.
> Si je crie à la violence, pas de réponse ;
> si j'en appelle, point de jugement. [...]
>
> C'est toujours une révolte que ma plainte,
> sa main reste pesante, malgré mon gémissement.

Oh ! Si je savais comment l'atteindre,
parvenir jusqu'à sa demeure,
j'ouvrirais un procès devant lui,
ma bouche serait pleine de griefs »
(Jb 19,6-7/23,2-4).

Ou bien va-t-on parapher la signature du néant, authentifier la mort de Dieu et ratifier l'absurdité du monde ?

Mais peut-être y a-t-il une autre voie, moins tranchante et restrictive que celle de l'athéisme qui affirme « absent » à la place de Dieu et résout la question par un vide radical. Une voie différente aussi de celle à laquelle aboutit Job après avoir mis Dieu au défi de s'expliquer, car, lorsque enfin Dieu comparaît au procès ouvert par Job, le plaidoyer qu'il prononce, loin de le disculper, aggrave bien plutôt sa responsabilité et accroît la confusion du plaignant. Le hautain panégyrique de ses œuvres, de sa gloire, de sa puissance et de sa sagesse que Dieu est censé assener à Job est tout sauf convaincant et ne constitue en rien une justification. Tout au contraire cette auto-apologie prêtée à Dieu se retourne contre lui et le charge d'une accablante responsabilité dans le cours sanglant de l'Histoire. Si en effet Dieu est à ce point omnipotent et omniscient, alors aucun des crimes commis depuis celui de Caïn contre son frère Abel ne lui a été inconnu ni surtout ne s'est accompli hors de portée de sa capacité d'intervention. La question, tragique, demeure donc grande ouverte : pourquoi ce Dieu tout-puissant, infaillible et infiniment clairvoyant a-t-il permis que tant de crimes se perpétuent et que périssent tant d'innocents dans la désolation la plus extrême ? La réponse n'est pas dans les Discours de clôture du Livre de Job ; le Dieu qui tout à trac y prend enfin la parole, avec superbe et grand fracas, évoque un Deus ex Machina envoyé de guerre lasse pour mettre un terme aux lancinantes plaintes de Job.

Les propos tenus par ce Deus ex Machina sont si convenus, si décevants, qu'ils font bien plus de bruit que de sens, d'esbroufe que de lumière. Job d'ailleurs ne reçoit pas de vraie révélation, c'est un « lot de consolation » qui lui est attribué, un lot de substitution même – de nouveaux enfants à la place des anciens, de nouveaux troupeaux. Le Dieu prestidigitateur lui administre un remède fulgurant, aussi spectaculaire par rapport à l'ordre ordinaire des choses que spécieux sur le plan spirituel. En effet, comme le notait Simone Weil, il ne s'agit pas de chercher « un remède surnaturel contre la souffrance, mais un usage surnaturel de la souffrance [1] ». De cet usage, Job se voit soudain privé. C'est comme si rien ne s'était passé.

Violence et injustice ont été faites à l'excès à Job ; le baume anesthésiant dont on lui fait l'aumône à la fin semble le frapper d'amnésie. Ses biens sont restaurés, sa richesse rétablie, de nouveaux enfants lui naissent et il mourra « chargé d'ans et rassasié de jours ». Mais qu'en est-il de ses premiers fils et filles qui tous furent tués ? Pas un mot à leur sujet, les voilà brutalement relégués dans l'oubli, passés aux profits et pertes. Job le miraculé ne paraît pas se souvenir de ses deuils, de sa souffrance qui fut pourtant aussi longue que profonde. Il a obtenu réparation, tout est rentré dans l'ordre.

Non, rien n'est rentré dans l'ordre, c'est simplement un nouvel ordre qui vient remplacer l'ancien sans que soit expliqué le saccage de celui-ci. Par-delà le bonheur tout neuf octroyé à Job, le malheur antérieur subi jusqu'à la lie par ce même Job continue à faire question. Le dénouement de la tragédie de Job n'est pas à la mesure de l'attitude que celui-ci avait eue tant qu'il s'évertuait à débusquer Dieu de son introuvable repaire. Et parmi les exclamations qu'il proféra dans sa détresse il en est une particulièrement troublante, puissante – celle où il déclare aux faux amis et croyants indigents venus l'accabler dans sa peine :

> « Faites silence ! C'est moi qui vais parler,
> quoi qu'il m'advienne.
> Je prends ma chair entre mes dents,
> je place ma vie dans mes mains,

il peut me tuer : je n'ai d'autre espoir
que de défendre devant lui ma conduite.
Et cela même me sauvera,
car un impie n'oserait comparaître en sa présence » (Jb 13,13-16).

Plus que nu, c'est écorché, le cœur à vif, l'âme à cru, que Job s'est planté face à son Dieu en abîme, tout en sachant que Dieu, s'il sortait soudain de son insondable retrait, pourrait le tuer, l'anéantir ou le damner. Job est à découvert, sans la moindre protection ni garantie. Le risque est fou, vertigineux. Job le prend sans hésiter, au nom des hommes et à celui de Dieu lui-même, d'un seul tenant. Car il sait, Job, que si Dieu existe, alors il se doit d'être *bon* comme un Dieu, c'est-à-dire absolument, sans nulle faille ni défaillance, sans restriction. Bon et juste et soucieux de la dignité des hommes.

Alors il doit bien savoir aussi, Job, que cette bonté ne peut pas se concilier à la fois avec l'omnipotence et l'omniscience *et* avec le mal régnant dans le monde. La réunion de ces trois éléments est un non-sens, leur cohésion rigoureusement impossible. Si l'on maintient la toute-puissance et l'universelle connaissance de Dieu et qu'on les considère continûment *en acte* dans le monde, alors le mal qui sévit en ce dernier rejaillit logiquement sur lui, le met en cause ; la dimension de bonté s'abolit d'elle-même. Si au contraire on destitue Dieu dès l'origine, en son essence, de tout pouvoir et toute science, alors certes il est absous du mal qui afflige le monde, mais il n'en est pas plus bon pour autant : un Dieu impuissant et ignorant n'aurait pu créer le monde, et donc il ne serait plus Dieu.

Le principe du tiers exclu joue ici de façon implacable. La déchirure entre les termes en présence n'est pas résorbable, quelle que soit la manière de disposer ces termes. Et c'est bien pourquoi les grands discours du Deus ex Machina qui surgit, tonitruant, au finale du Livre de Job, ne peuvent satisfaire ; ils escamotent la réponse si ardemment attendue par le juste souffrant, et surtout, en mettant lourdement l'accent sur les fabuleuses puissance et sagacité de Dieu, ils rendent plus que douteuse sa bonté.

Il faut donc rebrousser chemin, revenir à Job transi de nuit et d'abandon, et, à partir de là – de ce nulle-part –, chercher une autre voie, repartir à l'aventure dans le mystère du silence de Dieu, mais sans attendre ni exiger de réponse, sans surtout en inventer. Se risquer dans une voie qui consent au silence sans le sommer de se briser, sans le clore sur un vide définitif. Une voie de pure errance dans le désert en expansion de ce silence même. Et cela, en portant « sa chair entre les dents », tout son être exposé sur les paumes, à l'instar de Job le disgracié. Il y a des étendues mentales si abruptes, arasées, désolées, que l'on ne peut y pénétrer qu'en acceptant d'« extravertir » ses pensées, de rompre les digues de sa raison pour livrer son esprit à l'inconnu, à l'imprévu. Tous les justes et les saints qui ont pâti de bout en bout l'ultime épreuve de la nuit du néant en persévérant dans leur foi, envers et malgré tout, se sont comportés de la sorte : en nomades du silence, dénudés de fond en comble, en veilleurs de rien, d'impensable. En sourciers d'un sens insoupçonné.

C'est donc ailleurs, encore ailleurs, qu'il faut aller quêter ce brin de sens fou, par-delà plaintes et reproches. Et « advienne que pourra », comme dit Job.

NOTE

1. Simone WEIL, *La Pesanteur et la Grâce*, Presses Pocket, p. 96.

Rose des vents
et de l'ailleurs

« Je pressentais depuis longtemps
Ce jour très pur et ma maison déserte. »

Anna AKHMATOVA, *La Sentence*

JOB, dans l'égarement de son malheur, se tourne vers les quatre points cardinaux, mais quelle que soit la direction vers laquelle il lance son cri et tend l'oreille, il ne récolte rien, pas une once de signe ni le moindre écho. Et il peut bien frapper la terre, sonder le ciel, c'est pareil. Il n'est de lieu d'où Dieu ne soit absent.

« Si je vais vers l'orient, il est absent ;
vers l'occident, je ne l'aperçois pas.
Quand je le cherche au nord, il n'est pas discernable,
il reste invisible si je me tourne au midi » (Jb 23,8-9).

Les axes horizontaux de l'espace établissant la quadrature du monde s'entrecroisent à la dimension verticale pour dessiner la sphère immensurable de l'espace cosmique – espace vital et spirituel de l'homme. Et cette sphère résonne de vide. La rose des vents s'éploie comme un désert en expansion et sifflant de silence tout autour de Job, girouette aux abois qui virevolte en tous sens.

Est-ouest-nord-sud : l'horizon fléché de toutes parts s'organise en carré, cadre à l'intérieur duquel s'accomplit le destin de chaque homme, théâtre où l'Histoire joue sans relâche ses tragi-comédies.

Terre-ciel : le carré prend hauteur et volume, s'érige en grand temple mental que les hommes n'ont de cesse d'interroger, mais, faute de patience, ils inventent très souvent les réponses où s'enlisent et se fossilisent leurs questions. En ce temple planétaire ils s'ingénient alors à localiser, délocaliser, relocaliser des sanctuaires idéels et exclusifs les uns des autres dans lesquels ils logent telle ou telle idole plus ou moins douce ou sanguinaire, mais presque toujours si sournoisement et dangereusement caricaturale de l'homme.

Mais Dieu, où est-il dans tout ça ? Son temple planétaire oscille entre le fracas et la fureur, et un silence de plomb.

La question est trop grave, trop ancienne et urgente pour pouvoir tolérer des réponses péremptoires, souveraines et définitives, ou pour se satisfaire du simulacre de réponse donné à Job en aumône outrageante.

Il reste alors à écouter une de ces voix qui sut filer un chant très nu, très juste, au cœur de ce *No God's Land* où tant d'hommes furent exilés :

« Je chevauchai à travers la neige, entends-
tu,
je chevauchai Dieu dans le lointain, – le
proche, il chanta,
ce fut
notre ultime chevauchée au-dessus
des hommes-haies.

Ils se baissèrent, quand
ils nous entendirent au-dessus d'eux, ils
transcrivirent, ils
trahirent notre hennissement
dans l'une
de leurs langues à images [1]. »

*
* *

Job a chevauché Dieu dans le lointain, dans les confins de la terre et du ciel, en marge des quatre points cardinaux. Et ce fut une ultime chevauchée au-dessus des hommes-murailles, bétonnés dans leurs erreurs, leurs mensonges, leur fourbe ressentiment. Les faux amis de Job transcrivirent tout de travers, traduisirent tout à contre-sens, tant le cri du cavalier souffrant que le silence de sa monture ; ils les trahirent dans leur langue à clichés, à trappes et à œillères. Et les discours prêtés à Dieu dans l'Épilogue sont moulés dans la même pauvre langue de bois vermoulu et grossièrement verni. Ça sonne le creux, ça craque et se fissure, ça prend l'eau de la débâcle, le vent, la poussière, la vermine et la lèpre, tout, sauf le souffle de l'Esprit. Car, qui célèbre l'éloge de sa propre puissance ne dit mot du mystère de l'être, de l'amour et de la mort. Et lorsqu'il s'agit de toute-puissance, la nuisance risque d'être en conséquence.

Faux amis des victimes, piètres avocats tant des persécutés que de Dieu, ou, pour plus de commodité encore, accusateurs hautains et juges hâtifs du même Dieu incriminé alors de tous les maux de la terre, ou taxé de néant (car il est si tentant de dénicher un bouc émissaire au dos large comme le monde, et si soulageant de l'inculper de tous les crimes et malheurs des hommes, et moins nous croyons en Dieu, plus nous le condamnons à mort par contumace), nous ne valons pas mieux la plupart du temps qu'Éliphaz, Bildad et Çophar, ces trois anti-Rois mages accourus à l'annonce de la catastrophe frappant Job pour verser fiel et fièvre sur ses plaies en guise de consolation. Nos jugements sont en effet bien trop souvent expéditifs, gros d'impatience et de fainéantise intellectuelle et spirituelle.

Aussi faut-il repartir à zéro, faire table rase de nos rancœurs, de nos colères, de tous nos préjugés et de nos verdicts rendus à l'aveuglette, lisser les multiples faux plis qui froissent et dévient nos pensées, refréner nos faux mouvements de l'âme pour tenter d'affronter « à ouïe nue » le lancinant silence de Dieu – apprendre à l'écouter. Cela revient à s'engager sur l'étroit sentier du renoncement à toute certitude, fût-ce même celle de l'existence de Dieu. « Si on aime Dieu en pensant qu'il n'existe pas, il manifestera son existence », dit Simone Weil qui sentait, dans l'extrême dénuement d'être qui fut le sien, que « Dieu ne peut être présent dans la création que sous la forme de l'absence [2] ».

Ces apparents paradoxes recèlent tant de force d'étonnement, tant de promesse d'élan pour la pensée, qu'ils font dériver un jour à rebours du Vendredi saint, au soir du Jeudi saint donc, quand on ouvre la porte du tabernacle pour en retirer le Saint Sacrement que l'on transfère ailleurs.

Si l'on veut faire l'expérience du silence il convient de se tenir face au tabernacle vide, dans la nuit noire et muette du Jeudi saint, et, même si l'on n'y comprend rien, veiller avec le Christ au mont des Oliviers – mont singulier où ne s'opère aucune épiphanie, nulle révélation ni transfiguration, mais où se condense l'absolu du silence. Alors on peut tenter d'accompagner Job dans son ultime chevauchée à travers le lointain, dans le nulle-part. Dans le *No God's Land* : est-ouest-nord-sud-terre-ciel. Et la pensée repart à tous les vents.

*
* *

La rose des vents déploie son aire arasée de silence, elle tourne dans le vide, éolienne brassant l'absence.

L'erreur, voire la faute, consistent à vouloir borner cet éploiement, arrêter ce tournoiement dans l'intention de bâtir en solide et en stable les fondations du temple planétaire et d'y fixer un sanctuaire-citadelle.

L'erreur fatale, la faute capitale, consistent à vouloir nier le mouvement, juguler l'effeuillaison de la rose des vents, enraciner le temple et y enkyster un sanctuaire-forteresse où le sens de Dieu – tant celui donné par Dieu aux hommes que celui que les hommes ont donné à Dieu – trônerait en maître jaloux, en guerrier farouche, féroce à l'occasion. Ils ont toujours été légion les grands prêtres, gardiens et suppôts d'un tel temple martial et d'un Dieu guerroyant. Tout intégrisme hait le mouvement, l'ombre, l'errance et le silence ; le fanatisme exècre l'étonnement et l'inquiétude de la pensée, le mystère et l'inachevé. Il leur faut du robuste, du tranché net et de l'immuable, ils ont besoin, par indigence d'âme et d'esprit, d'un prêt-à-croire bien ourlé et boutonné, garanti pure vérité, doublé haine et le tout amidonné de bonne conscience.

Et pourtant, elle tourne ! Elle tourne, la rose des vents, en amples cercles et spirales, s'évasant et fleurissant, s'excentrant et s'exfoliant. Elle esquisse un temple hors les murs, hors frontières, aux dimensions de la terre, grand ouvert à l'inconnu, à l'imprévu, à l'inespéré, et son sanctuaire est plus nomade qu'un oiseau pélagien tantôt nidifiant sur des côtes abruptes ou sur des îles aux roches crevassées, tantôt se posant au creux des vagues en haute mer pour y dormir en légèreté, ivre d'espace, de remous d'air, d'eau, de lumière et de nuit.

Le lieu saint est en dérive permanente, et son Maître va et vient à mesure, se déplace au gré des vents et des courants ; le Maître du sanctuaire n'est jamais là où l'on s'attend à le trouver, il arrive à l'improviste, repart de même. Il est toujours ailleurs, par monts, par vaux, par vagues et par nuages. Le Maître parcourt son domaine – l'aire si mouvante des vents, et il déambule sans cortège ni escorte, sans faste ni fanfare, en simples habits de sable, de poussière et d'écume, de neige et de pollen, de soleil et de lune ; de sourire et de larmes, aussi.

Le Maître est toujours ailleurs. « C'est comme un homme qui, partant en voyage… » (Mt 25,14).

Les paraboles des Évangiles évoquent souvent ce Maître parti de sa demeure pour un voyage imprécis et lointain. On ignore où le mènent ses pas, quelle tâche l'appelle au-dehors, et tout autant quelle urgence le ramène soudain au logis, en pleine nuit, au petit jour. « Veillez donc, car vous ne savez pas quand le maître de la maison va venir, le soir, à minuit, au chant du coq ou le matin, de peur que venant à l'improviste, il ne vous trouve endormis » (Mc 13,35-36).

Les paraboles signalent toujours aussi qu'avant de s'en aller le Maître remet sa demeure aux soins des gens de sa maisonnée. « Soyez sur vos gardes, veillez, car vous ne savez pas quand sera le moment. Il en sera comme d'un homme parti en voyage : il a quitté sa maison, donné pouvoir à ses serviteurs, à chacun sa tâche, et au portier il a recommandé de veiller » (Mc 13,33-34). Il leur confie aussi ses terres : « Un homme planta une vigne, puis il la loua à des vignerons et partit en voyage pour un temps assez long » (Lc 20,10). Il dépose même sa fortune entre leurs mains, se fiant à leur droiture et à leur sagacité. « C'est comme un homme qui, partant en voyage, appela ses serviteurs et leur remit sa fortune » (Mt 25,14).

C'est un maître très enclin au partage, tant de ses biens que de son pouvoir, et qui sait que faire don de responsabilité c'est faire, absolument, preuve de générosité, pacte de confiance, et donation de liberté, de dignité. Et que c'est aussi s'exposer au danger d'un échec, d'une trahison possible, d'une faillite. La chance octroyée se double d'un risque de désastre. L'un est à la mesure de l'autre.

Les paraboles (qui sont paroles allusives, métaphoriques, et donc mouvantes, fluides, glissant comme des feux follets dans la nuit, comme des flammeroles dansant un sens à rechercher ailleurs, à tenter de saisir plus loin, toujours plus loin...) mettent en scène un maître voyageur, constamment en tournée – en quête, ou en errance, peut-être. Un maître parti à l'aventure, et qui livre sa demeure et ses terres à une autre aventure : celle du cœur et de l'esprit des serviteurs et des servantes chargés d'assurer provisoirement la garde et le respect du lieu laissé vacant. Quand un maître est aventureux, tous autour de lui sont alors conviés à jouer un rôle dans l'épopée, aussi discret soit le rôle, et mystérieuse l'épopée.

Et celui qui raconte ces paraboles, qui sème ces flammeroles de sens vagabond, il ne tient pas davantage en place. C'est en marchant, qu'il parle. Ses récits ont un corps – le sien, et son corps se déplace, se poste en lieux multiples. Il parle avec ses pieds autant qu'avec sa bouche, il essaime des phrases, des images, il les égrène dans les traces de ses pas à travers plaines et monts, dans les villes, les villages, en chemin, en bord de mer et d'une rive à l'autre de la mer et des lacs, dans les synagogues, les maisons où il prend en hâte un repas, au milieu des champs, près de la margelle d'un puits... Partout, partout où peut se poser un pied d'homme, frapper du talon un pied d'homme pressé, partout où peut passer un homme en marche, il sème ses paraboles.

Comme tous les prophètes avant lui, le Christ se lève, se met en route à tout instant. L'Évangile selon saint Marc, dans sa sobriété, sa densité, resserre et accentue ce tempo de la vivace déambulation de Jésus. Dès l'ouverture, le ton est donné par un rappel d'Isaïe : « Voici que j'envoie mon messager en avant de toi/pour préparer ta route » (Mc 1,2). Après ce coup d'envoi le mouvement prend élan : « Et il advint qu'en ces jours-là Jésus vint de Nazareth de Galilée... » (Mc 1,9), « Comme il passait sur le bord de la mer de Galilée [...] » (Mc 1,16), « Ils pénétrèrent à Capharnaüm [...] Et aussitôt, sortant de la synagogue, il vint dans la maison de Simon et d'André [...]/ Le matin, bien avant le jour, il se leva, sortit et s'en alla dans un lieu désert, et là il priait. Simon et ses compagnons le poursuivirent et, l'ayant trouvé, ils lui disent : "Tout le monde te cherche." Il leur dit :

"Allons ailleurs, dans les bourgs voisins, afin que j'y prêche aussi, car c'est pour cela que je suis sorti." Et il s'en alla à travers toute la Galilée… » (Mc 1,35-39).

La course n'en finit pas, l'homme migrateur ne tient jamais en place. « Il sortit de nouveau au bord de la mer […] » (Mc 2,13), « Et il advint qu'un jour de sabbat il passait à travers les moissons […] » (Mc 2,23), « Il entra de nouveau dans une synagogue […] » (Mc 3,1), « Jésus avec ses disciples se retira vers la mer […]/ […] Puis il gravit une montagne et il appelle à lui ceux qu'il voulait […] » (Mc 3,7/13), « Ce jour-là, le soir venu, il leur dit : "Passons sur l'autre rive" […] » (Mc 4,35), « Il parcourait les villages à la ronde en enseignant […] (Mc 6,6), « Il s'en alla dans la montagne pour prier […]/ il vient vers eux en marchant sur la mer, et il allait les dépasser […] » (Mc 6,46 et 48), « Partant de là, il s'en alla dans le territoire de Tyr […]/ S'en retournant du territoire de Tyr, il vint par Sidon vers la mer de Galilée, à travers le territoire de la Décapole… » (Mc 7,24 et 31). L'élan ne décroît pas, le rythme bat son plein, et cela jusqu'à la fin : « Après le chant des psaumes, ils partirent pour le mont des Oliviers » (Mc 14,26). Là, il arpente le lieu dit Gethsémani ; il s'écarte, tombe à terre, se relève, revient vers ses disciples, se retire et revient à nouveau. Puis, l'instant arrive où il sait que tout va basculer, que sa route bifurque et qu'on va le mener là où il ne veut pas aller, et vers où, cependant, il n'a cessé de cheminer depuis le commencement. « Levez-vous ! Allons ! » (Mc 14,42), dit-il une dernière fois à ses disciples. Alors tout va très vite, le tempo s'accélère. On l'emmène, le bouscule, on l'envoie ici, puis là, on le traîne, on le pousse, on lui crache au visage (crachat : – la parole anéantie, caillot de pus sécrété par la haine, la bêtise), on le gifle, on le bat, on le flagelle, on l'humilie. Et enfin, on le convie à une dernière marche ; il se met en route vers le lieu dit du Crâne, portant la poutre de sa croix en guise de parole. Dernière parole hâtivement équarrie, ultime parabole lourde d'un sens si obscur, si intense que nul ne le comprend – pas même lui, qui ploie et ahane sous sa charge.

Et le voilà cloué sur sa croix, bras étendus comme un prêcheur. Prêcheur nu, écartelé, dont le verbe est son propre corps, et son corps se déchire, suspendu entre ciel et terre. Son corps conjugue à tous les temps l'effroi de l'acte de mourir. Il parle avec ses plaies, non plus avec sa bouche. Il parle avec sa sueur de sang, la souffrance de sa chair, et plus encore avec son angoisse, non plus avec des mots. Il crie pourtant, comme Job, comme les prophètes et les psalmistes aux heures de détresse. Une interpellation, une question : « Mon Dieu, mon Dieu, pourquoi m'as-tu abandonné ? » Puis il jette un grand cri dans les ténèbres amoncelées au cœur du jour, par-dessus les rires et les crachats des bourreaux, par-dessus les larmes de sa mère et des femmes fidèles, au milieu des râles des autres suppliciés ; une sorte de rugissement lancé au flanc du silence imperturbable de Dieu. Le point d'interrogation qui vibre au bout de la question de l'abandon éclate, jaillit, se fait lance et stridence. Ce cri immense, et il expire.

Ultime parabole du Maître absent de sa demeure céleste, de son domaine terrestre. « Et le voile du Sanctuaire se déchira en deux, du haut en bas » (Mc 15,38). Lever et tomber du rideau, d'un seul et unique coup : la scène est vide, le texte est en éclats, la lumière s'est rouillée, s'est plombée. Dieu s'en est allé. Un nouvel acte se joue ailleurs. Mais où ?

Il est là, celui qui marchait sans arrêt, qui arpentait les routes et l'eau des lacs pour semer sa parole. Il gît bizarrement, à la verticale ; il ne bouge plus, il saigne sa parole. Bras écartés, il se tient comme une rose des vents ; est-ouest-nord-sud-terre-ciel. Rose épineuse pointant le vide, s'effeuillant en silence – effeuillant le silence, indiquant les possibles directions de l'ailleurs, signalisant l'absence.

Il était là, déjà il ne l'est plus. Même mort, il ne tient pas en place. Et désormais moins que jamais. Sitôt déposé au tombeau, il s'en échappe ; nul ne sait comment, ni où il est parti.

Les femmes – toujours elles, les fidèles, les patientes, les endurantes, celles qui le « regardaient à distance » lorsqu'il gisait debout sur la croix – viennent au sépulcre pour oindre le cadavre. La porte de pierre a roulé de côté, et le tombeau est vide ; n'y traînent que des linges et le suaire, pétales de la rose effeuillée, envolée. Partie fleurir ailleurs.

Un jeune homme en robe blanche, assis près de la tombe comme sur la margelle d'une fontaine d'eau pure, annonce aux femmes qu'il ne sert à rien de venir en ce lieu car celui qui s'y trouvait l'a déjà quitté. « Il n'est pas ici. » Une fois de plus le Maître n'est pas là où on le croyait. Il court à nouveau les chemins, hâtant le pas vers la Galilée. Dans le même temps il flâne aux alentours ; Marie de Magdala le rencontre, mais elle le prend pour un jardinier. Comment le reconnaître ? La rose et le jardinier ne font qu'un.

Il change à présent autant de lieux que d'aspect. « Après cela, il se manifesta sous d'autres traits à deux d'entre eux [les disciples] qui étaient en chemin et s'en allaient à la campagne » (Mc 16,12). Et il se déclare intouchable – son corps second est innervé de lumière puisée dans les ténèbres. « Notre cœur n'était-il pas tout brûlant au-dedans de nous, quand il nous parlait en chemin ?... » (Lc 24,32), s'émerveillent les disciples après coup. Il pourrait bien leur brûler aussi les mains, s'ils se risquaient à le toucher. Il n'y a que sa plaie qui soit touchable, palpable même ; Thomas y glisse ses doigts incrédules. C'est que ses blessures, infligées par les hommes, restent lisibles, inscrites en creux sur la terre, dans la chair de l'Histoire.

Son corps second est aussi innervé de vitesse ; il pulvérise l'espace, les distances, il est ici et ailleurs au même instant. Pour tenter de donner une représentation plastique approximative du Christ après sa résurrection, il faudrait s'inspirer de la peinture de certains expressionnistes (de Kokoschka à Francis Bacon), ou de la peinture gestuelle façon Pollock, de l'abstraction lyrique façon Kandinsky ou Hartung, du simultanéisme à la Delaunay, du mouvement de Trans-avant-garde italienne..., de toute peinture où la force prime la forme, où le mouvement brise les lignes, où vibre la lumière, où la vitesse transfigure le visible.

Il court, il court, ici ou là, ici et là en même temps. Enfin, ne tenant plus du tout en place, même plus au sol, il s'envole. Comme Élie.

Comme Élie – avec lequel d'ailleurs il s'entretint, ainsi qu'avec Moïse, au mont Thabor lors de la Transfiguration, le Christ a beaucoup marché, est allé au désert, s'est élancé au ciel.

Comme Élie, il a parcouru tous les axes de la rose des vents, de l'ailleurs. Comme Élie, il est parvenu jusqu'au cœur décentré, insituable, de la rose éclatée. Mais Élie a fait autrement l'expérience de ce cœur mis à nu, mis à vide, de la rose des vents, de l'ailleurs, de l'absence. Fuyant la cruauté de Jézabel, idolâtre de Baal, Élie se rend au désert où il se couche et veut mourir. La mort lui est refusée, il est sommé de se remettre en route et il marche quarante jours, quarante nuits, jusqu'au mont Horeb. Là-haut s'opère une théophanie – la plus surprenante des théophanies, car la plus dépouillée. Une théophanie qui évacue, annule, renie la gloire et la puissance, qui renonce au grandiose. Une théophanie de rien, d'une infinie discrétion. Une théophanie minimaliste. Éclatent coup sur coup : un grand ouragan, un séisme, un feu violent. A chaque fois il est précisé que Dieu ne s'y trouve pas. Le spectaculaire n'est mentionné que pour mieux être rejeté, dénoncé comme illusion, voire imposture.

Trois formidables coups pour rien. Ou, plutôt, s'il s'agissait des trois coups annonçant la levée du rideau, appelant le spectateur à l'attention, à la concentration, à la plus vigilante écoute ? Car c'est effectivement alors, alors seulement, que quelque chose advient – un inouï je-ne-sais-quoi.

Ce qui a lieu ? « Un son de fin silence » (1 R 19,12). Il faut avoir aiguisé son ouïe à l'extrême, s'être entraîné à l'absolu de l'attention, pour devenir apte à percevoir un souffle si ténu. Il faut s'être sondé, s'être soi-même exploré jusqu'au plus obscur de sa conscience, au plus lointain de ses pensées, avoir maintes fois accompli le tour de son domaine intérieur par cercles toujours croissants et cependant plus resserrés, enfin avoir atteint l'intime désert de l'oubli de soi, pour pouvoir être effleuré, touché, visité par un tel inaudible soupir.

Paul Valéry notait qu'« il est rare de penser à fond sans soupirer. A l'extrême de toute pensée est un soupir ». Combien cette remarque prend d'ampleur lorsqu'il s'agit de penser l'impensable, l'indicible. Dieu.

Aux confins de la pensée d'Élie exténué par la marche et le jeûne, épuré par ses quarante jours et nuits au désert, passe un soupir. Un brin de silence qui vibre, à peine, et qui déjà s'en va. Dieu.

Le voilà donc, le temple, écartelé sur l'aire des vents. Ni ici ni là, mais nulle part et partout. Et son sanctuaire se situe à l'extrême pointe de la pensée – pensée en crue, qui a rompu ses digues, dévastée de questions demeurées sans réponses, soudainement éblouie par ses propres ténèbres.

Il est mental, le temple, et le sanctuaire est spirituel. Il n'est pas d'autre temple, pas d'autre sanctuaire. Et en celui-ci ne souffle qu'un soupir de silence.

L'histoire d'Élie est celle de la découverte du vrai temple, de la mise à nu de ses mouvantes et si frêles fondations : un temple qui ne s'érige que dans le cœur de l'homme fécondé de silence, et son sanctuaire est plus subtil que l'air.

L'histoire d'Élie est un prologue à celle du Christ en lequel le temple immatériel s'incarne pleinement, se met résolument en marche puis se déchire en jetant à la face des hommes le silence de Dieu, non plus comme un soupir, mais comme un cri, une haute clameur. Pour que les hommes, sourds au soupir de fin silence, entendent le désarroi de ce silence et s'interrogent sur sa source et son sens. Mais cette surdité n'en continue pas moins. « Et ils lui posaient cette question : "Pourquoi les scribes disent-ils qu'Élie doit venir d'abord ?" Il leur dit : "Oui, Élie doit venir d'abord et tout remettre en ordre. Et comment est-il écrit du Fils de l'homme qu'il doit beaucoup souffrir et être méprisé ? Mais je vous le dis : Élie est bien déjà venu et ils l'ont traité à leur guise, comme il est écrit de lui" » (Mc 9,11-13).

Élie est venu – soupir du silence. Le Christ est venu – cri du silence. Mais l'humanité est composée en énorme majorité de sourds – néant du silence.

D'épilogue à l'histoire du Christ préfigurée par celle d'Élie, il n'y en a point. C'est une histoire sans fin, son dénouement incombe à chaque homme. Il y a des reprises, des échos dispersés, des répons innombrables. A chaque fois et en tout lieu où la détresse s'empare d'un homme frappé de deuil, livré à l'agonie, à la désolation, c'est ce silence qui se répercute et s'aiguise dans le cri proféré par cet homme. Un homme alors au corps à corps avec le scandale du silence, au cœur à cœur avec le mystère du silence – front contre front avec Dieu.

D'épilogue à l'immense épopée du silence de Dieu, il n'y en a pas, il ne peut y en avoir. Cette épopée fulgure avec Job, se creuse et houle dans les pas des prophètes, les chants des psalmistes, flamboie avec Élie, culmine avec le Christ – et là reste en suspens, béante. Et en cette fin de siècle, cette « bête nôtre », ce vieux fauve insatiable, arrogant et féroce, l'épopée du silence bée et résonne plus que jamais.

La rose des vents tourne, s'affole. La rose de l'ailleurs, de l'absence. Rose de rien, de personne. De chacun.

*
* *

Mais comment parler de ce qui, par nature, se dérobe au langage, comment exprimer ce qui ne fait que frôler une poignée de vocables : « ailleurs, nulle part, absence, rien, personne ». Quelques vocables qui tintent de vide, et désignent, dans l'incertitude et l'inquiétude, la possibilité d'un sens à trouver et à donner à cet absolu défi au sens qu'est le silence de Dieu.

Etty Hillesum, cette jeune femme juive qui tint, pendant les deux années précédant sa déportation à Auschwitz où elle fut mise à mort, un journal admirable d'exigence et de rigueur intellectuelle, affective, spirituelle (et aussi éclatant de vie, de fantaisie, d'humour), nota un jour, après avoir contemplé des estampes japonaises : « Frappée d'une évidence soudaine : c'est ainsi que je veux écrire. Avec autant d'espace autour de peu de mots. Je hais l'excès de mots. Je voudrais n'écrire que des mots insérés organiquement dans un grand silence, et non des mots qui ne sont là que pour dominer et déchirer ce silence. En réalité les mots doivent accentuer le silence. [...] Je voudrais tracer ainsi quelques mots au pinceau sur un grand fond de silence. Et il sera plus difficile de représenter ce silence, d'animer ce blanc, que de trouver des mots. Il s'agira de trouver un juste dosage entre le dit et le non-dit, un non-dit plus gros d'action que tous les mots que l'on peut tisser ensemble. [...] Chaque mot serait comme une pierre milliaire ou un petit tertre au long de chemins infiniment plats et étendus, de plaines infiniment vastes[3]. »

Il est un poète qui, en chacun de ses poèmes, a porté à la perfection cet idéal de dépouillement. Mais il ne s'agissait pas pour lui d'un « idéal » purement formel, littéraire (pas plus que pour Etty Hillesum), il s'agissait de son mode même d'être présent en ce monde, de s'y tenir en veille et en tension. Il y en allait pour lui de sa vie lorsqu'il taillait des mots à la coupe tranchante et qu'il les disposait, solitaires, à travers la page nue, comme des stèles d'encre minérale.

Paul Celan, celui qui « chevaucha Dieu dans le lointain, le proche », et qui chanta en solo, *a capella*, sur la terre arasée, sous le ciel abyssal, ce « psaume » dont chaque mot est une pure concrétion de silence :

« Personne ne nous repétrira de terre et de glaise,
personne ne conjurera notre poussière.
Personne.

Loué sois-tu, Personne.
Pour l'amour de toi nous voulons
fleurir.
A ta
rencontre.

Un rien

étions-nous, sommes-nous resterons-
nous, fleurissant :
la rose de Rien,
de Personne.

Avec
le pistil clair d'âme,
l'étamine désert de ciel,
la couronne rouge
du mot de pourpre que nous chantions
par-dessus, ô par-dessus
l'épine. »

Par-dessus, par-dessus les piquants de la rose des vents, par-dessus les pointes des barbelés de tous les camps, par-dessus les ronces du temps, par-dessus les couronnes d'épines lacérant le cœur des victimes – le psaume du silence.

Le psaume du silence, composé d'une multitude de mots de pourpre : sang, et sueur de sang, et larmes de sang des victimes innombrables, ces roses de Rien, de Personne qui sans fin jonchent notre mémoire, écorchent notre conscience.

NOTES

1. Paul CELAN, « Par le vin et l'égarement », in *Strette.*
2. Simone WEIL, *La Pesanteur et la Grâce, op. cit.*, p. 24 et 126.
3. Etty HILLESUM, *Une vie bouleversée. Journal 1941-1943*, Seuil, 1985, p. 117-118.

C'est comme…

« Allez, ce ne sont pas des hommes de parole. Ils me disaient que j'étais tout, c'est mentir. Je ne suis pas à l'épreuve de la fièvre. »

SHAKESPEARE, *Le Roi Lear*
(Acte IV, sc. 6)

MAIS alors, qu'en est-il d'un tel Dieu ? Car, s'il est à ce point démuni, dépouillé de tout pouvoir et de toute gloire, réduit à un mince soupir dérivant dans le vide, il se trouve certes disculpé de tous les maux de la terre, innocenté des crimes commis à foison par les hommes, mais n'est-il pas ainsi un peu trop « blanchi » ? Blanchi jusqu'à la transparence, la viduité, l'absurde ? Blanchi au point de ne plus être rien. Peut-on encore appeler Dieu ce brimborion à bout de souffle ? Car si sa toute-puissance le plaçait au premier rang des accusés, sa toute-impuissance ne vaut guère mieux qui le déclasse au dernier rang des incapables.

Une fois de plus il faut repartir à zéro, non plus seulement dans les marges du silence mais bien plus loin encore – en amont du silence même de Dieu, jusqu'au hors-champ du monde.

Comme il est impossible de pénétrer en ces zones extra-mondaines et temporelles, qu'il n'est pas donné à l'esprit humain de savoir ce qui s'y passe, il ne reste que la fiction et l'aventure de la supposition.

« C'est comme un homme, qui, partant en voyage, appela ses serviteurs et leur remit sa fortune » (Mt 25,14). Cette parabole a déjà été évoquée plus haut, mais ce n'était que pour souligner le dynamisme de ce seigneur voyageur, son vif allant de grand marcheur. Ce qui à présent fait question c'est le pourquoi de son voyage, le pour-où. Car il doit bien y avoir une raison au départ d'un maître hors de sa demeure, aussi étrange et déconcertante puisse être cette cause.

Oui, il se peut qu'une raison un peu folle ait présidé au renoncement de Dieu à régner en ce monde. Un excès de prodigalité, par exemple, comme celui qui embrasa le cœur du roi Lear. Qui sait ?

*
* *

Lear, infiniment

Et si Dieu en effet, après avoir créé le monde et y avoir inscrit un sens aussi dense et aigu que subtil, s'était retiré de sa Création, à la façon de Lear abdiquant de son plein gré, avec joie même, pour remettre son royaume à ses filles et leur donner son pouvoir et ses biens ?

« Oui, je vous investis conjointement de mes pouvoirs,
De mes prérogatives, et de ces fastueux attributs
Qui s'attroupent autour des rois. [...]
Nous ne voulons garder
Que le nom de souverain. Le reste,
Autorité, puissance, revenus,
Est à vous, chers enfants » (Acte I, sc. 1).

Le tout-puissant se serait dépouillé à l'extrême, aurait renoncé à sa souveraineté, à sa gloire, pour les confier aux hommes ; il se serait « retiré de lui-même en lui-même » dès l'aube de la Création, ainsi que l'a suggéré Rabbi Isaac Louria dans son extraordinaire théorie du « Tsimtsoum », ou du retrait de Dieu. Il aurait de la sorte creusé un vide au sein de la Création – un vide d'où puisse jaillir et s'épanouir la liberté des hommes. Il aurait ouvert un espace nu, vierge et infranchissable entre lui et le monde – terrain et terreau de l'Histoire construite par les hommes seuls, investis d'un pouvoir fabuleux. « Ce monde est à vous, chers enfants. »

En échange il n'aurait demandé que l'amour de ses enfants. Comme le roi Lear, mais tellement plus humblement et doucement que ce roi trop fougueux et si peu circonspect, car c'est dans les replis les plus secrets de ses pensées que Dieu garde son vrai nom et son rang de Créateur, et que brûle son désir d'être aimé en retour de l'amour qu'il prodigue du fond – et du fait – de son exil volontaire. Tel serait le bel aujourd'hui que Dieu aurait préparé depuis l'aurore des mondes aux hommes libres comme l'air et les oiseaux de l'air.

« Le vierge, le vivace et le bel aujourd'hui »…

Mais comme le roi Lear qui, sitôt son renoncement accompli et son don souverain établi, va se heurter à l'implacable ingratitude de ses filles comblées de biens et de prérogatives, et ne fera plus que mendier un amour qui lui est refusé, ainsi en est-il de Dieu, peut-être.

Comme le roi Lear, infiniment, Dieu se serait destitué et ne saurait plus que mendier, mendier un peu d'amour et de reconnaissance.

C'est son identité, son nom de souverain et son titre de père que Lear, de plus en plus bafoué, meurtri, quête auprès des autres. D'abord avec quelque arrogance, comme lorsqu'il s'adresse à Oswald, un des laquais de la fourbe Goneril :

> « Ah, vous voilà, monsieur ! Venez çà, monsieur,
> Dites-moi qui je suis » (Acte I, sc. 4).

Puis c'est avec panique et désespoir qu'il s'en inquiète quand force lui est de constater l'ampleur de l'insolence et de la dureté de sa fille : « Êtes-vous ma fille ? » demande Lear à Goneril parjure aux beaux serments d'amour filial qu'elle avait proférés autrefois. La blessure portée à sa confiance, à sa tendresse paternelle est telle, qu'il doute et de sa fille et de lui-même, comme s'il n'existait que dans et par ce lien de filiation. Alors, lorsque se déchire ce lien vital, il s'écrie :

« Quelqu'un ici me reconnaît-il ? Ce n'est pas Lear ! [...]
Qui peut me dire qui je suis ? » (Acte I, sc. 4).

Et seul lui répond son Fou, avec une justesse tragique :

« Tu es l'ombre de Lear. »

Le Christ aussi, celui en lequel Dieu a porté à son comble son renoncement à sa toute puissance, celui qui a repoussé les tentations au désert, s'enquiert auprès des autres de son identité : « Qui suis-je, au dire des gens ? » demande-t-il à ses disciples. Les réponses varient, rôdant autour de sa personne dont le mystère intrigue, voire dérange. Alors il insiste : « Mais pour vous, qui suis-je ? » (Mc 8,27 et 29). Et quand enfin vient la réponse juste il exige qu'elle soit tenue secrète. Car il sait combien est vraie cette réponse, et par là même combien elle peut paraître outrée, insensée, scandaleuse. La vérité marche à pas vifs, mais d'une absolue discrétion. Qui l'aime, la suive, pieds nus à travers sables et pierrailles, sans autre souci que de la suivre. Qui veut s'en emparer pour la réduire à un bien tangible et monnayable, ou qui exige des preuves plus somptueuses et rassurantes, est renvoyé à sa carence de pensée, et sa mesquinerie spirituelle.

Et surtout le Christ sait, lui et lui seul,

combien est juste et cependant insuffisante encore la réponse donnée par Pierre : « Tu es le Christ. » Même ce nom-là ne dit pas tout, n'enclôt pas l'immensité du mystère de Dieu, lequel déborde sans fin tout nom, toute désignation, toute incarnation. Car le Maître est ailleurs, encore et toujours ailleurs. Et c'est pourquoi, alors même que son Verbe s'est incarné et exprimé à voix d'homme vivant, temporel, à voix d'homme souffrant, Dieu continue à s'évaser en silence tout autour de ce Verbe fait chair.

« Tu es l'ombre de Lear », dit le Fou avisé à son vieux roi déchu ; « Tu es le Christ », déclare Pierre inspiré à son seigneur vagabond.

L'ombre de Lear, qui va être jetée dans le vent et la pluie qui soufflent sur la lande, dans la nuit et le froid qui sifflent sur la terre, parmi les gueux, les miséreux.

Le Christ, qui sera jeté front contre le sol au mont des Oliviers, abandonné par ce Dieu qui en sa chair s'était pourtant lui-même dépouillé à l'extrême.

L'ombre de Dieu s'abandonnant lui-même, et chaque jour jetée dans les ténèbres de l'Histoire. L'ombre de Dieu frémissant de silence, entre soupir et cri. Ombre d'une absence qui rôde sur la terre, et qui parfois se glisse dans le cœur des hommes, pour y semer le trouble.

Goneril, Régane et Edmond, férocement

En voilà trois que le goût du pouvoir enivre, éblouit et consume. Héritières légitimes ou bâtard détrousseur, ils conçoivent la vie comme un flamboyant jeu de massacre, couleur d'or et de sang, où le plus âpre gagne. Tous les coups sont permis, la passion justifie tout. Et la passion se fait hydre dont les gueules voraces veulent happer le pouvoir, la richesse, la gloire et la jouissance. Une hydre insatiable au point qu'elle finit par s'autodévorer.

Au début Régane et Goneril parlent d'abondance – la flatterie est toujours odieusement bavarde, puis, une fois obtenu ce qu'elles convoitaient, elles s'esquivent, délèguent à leur père des messagers insolents.

Adam et Ève ne parlent pas à Dieu, c'est au serpent qu'ils s'adressent. Parler à Dieu est une si haute épreuve, requiert tant de patience, de vigilance, d'humilité, alors que discuter avec le serpent séducteur est si délicieux, léger, gratifiant. Dieu offre la terre comme un lieu de passage, de lente et attentive pérégrination, la vie comme un travail de l'esprit ayant à faire mémoire, à se soucier de sens et de valeur, le temps comme une œuvre de l'âme ayant à s'enfanter. Tous les faux dieux, les tentateurs, font, eux, miroiter la terre comme lieu de guerre et de triomphe, la vie comme une fête illimitée, le temps comme un bazar d'instants jouissifs. Goneril et Régane sont aveuglées par cette vision du monde, ainsi que le sont tous les tyrans et les innombrables candidats à la gloire, à la fortune, à la puissance qui grouillent et se bousculent sur le théâtre de l'Histoire.

Edmond, lui, se parle surtout à lui-même, il est son interlocuteur préféré, son confident exclusif. Il n'est féru que de sa propre personne et n'est inféodé qu'à la « Déesse Nature » – « C'est toi, Nature, ma déesse ! C'est ta loi / Que j'ai juré de servir » (Acte I, sc. 2). Son éloge de la barbarie est vieux comme le monde et trouvera des hérauts à foison jusqu'à la fin des temps.

Edmond se joue des deux sœurs rivales qui, fascinées par son grand art de la traîtrise et sa sauvage intempérance, s'éprennent de lui avec une violente avidité. Il va de l'une à l'autre comme on court d'un miroir magnifiant à un miroir ardent. Il exulte lorsqu'il monologue ; Narcisse ébloui par son propre cynisme, il se regarde jongler avec le mal, il s'écoute fomenter des complots, il s'admire en train d'exécuter son rôle d'infâme. Il est vrai qu'il excelle dans son personnage, il sème la calomnie et la mort tambour battant, avec panache. C'est un joueur de haut vol, un flambeur dénué tout autant de scrupules que de mauvaise foi car il sait parfaitement à quoi s'en tenir sur lui-même et sur les autres, il ne se cherche pas d'excuses. Il veut gagner, régner, croître et prospérer, un point c'est tout. Sa lucidité est totale, et par conséquence son efficacité est redoutable ; il se gausse de tous ceux, à commencer par son propre père qu'il vient de mystifier, qui mettent sur le compte de forces obscures, supérieures aux hommes, tous les maux qui sévissent. – « Voilà bien la folie suprême de l'univers : quand notre heur s'avère mauvais, et souvent par le triste effet de notre propre conduite, nous rendons coupables de nos désastres le soleil, la lune, les étoiles – comme si nous étions coquins par fatalité, bêtes par contrainte céleste, chenapans, voleurs et perfides de par un signe qui nous gouverne, ivrognes, menteurs et adultères par docilité obligée à l'ascendant de quelque planète et, en un mot, jamais portés au mal que si un dieu nous y mène. Quel admirable alibi, pour ce maître ruffian qu'est l'homme, d'aller mettre son tempérament de bouc à la charge d'une étoile » (Acte I, sc. 2). Tels sont les propos qu'il se tient en voluptueux apartés. Au moins a-t-il le mérite, certes accablant, de la franchise de soi à soi, alors que la plupart de ces « maîtres ruffians » que sont les humains s'inventent toujours des excuses, des motifs à décharge, de fallacieux prétextes pour se justifier, voire s'innocenter. L'Histoire, tant côté faits divers que côté chefs d'État et leurs serviles exécutants, pullule de tels exemples. Plus un joueur truque gravement les cartes, et plus il est mauvais perdant. Ils sont légion, les assassins et les bourreaux qui se posent en victimes, invoquant tantôt des forces ténébreuses ourdies par l'inconscient, tantôt des forces extérieures ou même supérieures, pour se disculper. Les planètes, la raison d'État, la vengeance grimée en justice, la lâcheté parée de la vertu d'obéissance, la survie d'une nation, l'épuration de la race, l'idolâtrie d'une cause érigée en absolu ou d'une idée fixe et mortifère du divin – tout est bon pour minimiser ses actes, blanchir sa conscience, ou sublimer ses crimes. Le XXe siècle aura été particulièrement prolixe en la matière.

Ainsi font les humains qui abusent et mésusent d'une liberté qui leur a été octroyée mais dont ils ne questionnent ni l'origine, ni le sens ni la fin, dont ils ne sondent pas le mystère et ne mesurent pas les risques. Ainsi font les humains qui saccagent, ensanglantent la terre qui leur est provisoirement confiée mais qu'ils voudraient s'approprier, hanter, marquer à jamais de leur sceau. Ainsi font les humains résolument sourds au silence de Dieu et qui n'ont d'ouïe que pour les chants des sirènes, les beuglements des veaux d'or et les vociférations des petits dieux ventriloques. Ainsi font les humains qui, refusant les devoirs incombant à tout héritier légitime, outrepassent leurs droits, oublient leur testateur, renient leur donateur, bafouent leur bienfaiteur, et, se préférant bâtards déliés de toute obligation, dispensés de mémoire, exemptés de gratitude et de souci à l'égard des autres, se comportent en usurpateurs. Ainsi agissent tous les émules de Goneril et de Régane et tous les grands ruffians à l'image d'Edmond : féroces et parjures, obstinément.

Pour tous ceux-là le silence de Dieu est une évidence, nullement une question ; une bonne aubaine, non un tourment. Et pourtant, ce sont ceux-là qui mettent en relief le mystère du silence, à leur insu, au creux de leurs méfaits.

Edgar et Kent, tenacement

L'UN comme l'autre, bien qu'injustement maudits et chassés, tiennent ferme dans leurs convictions. Tous deux sont hommes de sagesse, d'endurance et de courage. Edgar peut bien mimer la folie afin de se mettre à l'abri de la fureur régnante, il ne perd pas un instant sa raison ; Kent peut bien se déguiser en pauvre serviteur afin de secourir incognito son roi qui pourtant l'a banni, pas un instant il n'oublie qui il est et quelle est sa vraie mission. Ils rusent, ils esquivent les coups, ils se tiennent dans l'ombre, ou du moins en retrait : ils font patience, car ils savent que l'ordre sera rétabli, même s'ils ignorent quand et à quel prix. Ils savent bien que l'ordre revient toujours au terme d'un excès de chaos, le temps pour les survivants du désastre de reprendre souffle et de panser les plaies du pays – avant un nouvel embrasement. Car certainement ils savent aussi cela : que deux phénix cohabitent dans l'énorme volière de l'Histoire – l'un, aux allures de vautour, à gueule de charognard, l'autre, à l'aspect de colombe. Deux oiseaux disproportionnés tant par la taille que par la force, mais en lutte perpétuelle. Ainsi tourne l'Histoire, ainsi a-t-elle toujours tourné et tournera-t-elle sans fin.

Les hommes de la trempe d'Edgar et de Kent sont ceux qui œuvrent à rétablir l'équilibre rompu, à renouer les fils de la vie, même si ce rétablissement est précaire. Ils savent que tout est affaire de patience, de vigilance, qu'il y a des mouvements de balance, que rien n'est définitivement ni acquis ni perdu. Ils sont des êtres de mesure, et c'est pourquoi ils ne succombent ni à la tentation du mal, ni à celle de la folie, et ils échappent aussi à la mort. A la fin de la pièce la plupart des personnages sont morts, les doux et les félons, mais eux demeurent en vie. Solides malgré l'épreuve et le chagrin, car réalistes et modérés. Un nouveau roi va prendre le pouvoir et tout recommencera – c'est la ronde des rois chez Shakespeare, c'est le grand carrousel de tous les puissants dans le cours de l'Histoire, et Kent et Edgar sont prêts à se remettre au service du pays, de la paix, à « soutenir le pouvoir blessé ».

Kent et Edgar, ceux qui opposent au mal une fin de non-recevoir, qui ne confondent pas la vengeance avec la vraie justice, qui ne s'abaissent ni ne s'élèvent au-dessus de leur condition humaine, mais qui l'assument avec justesse, courage et dignité. Ceux par lesquels se perpétue la vie, envers et malgré les tueries, et grâce auxquels perdurent du sens et des valeurs.

Des êtres de mesure – cette mesure sans laquelle le monde se disloquerait, et qu'il faut jour après jour rétablir pour que le temps suive son cours, pour que l'Histoire continue. Cette mesure inscrite au cœur des choses, dans la chair du temps, et qui côtoie si étrangement la démesure, elle-même semée dans la chair des choses, dans le cœur des hommes.

Des êtres de mesure et de ténacité. Des gardiens de la loi, la loi humaine, qui dicte à l'espèce le désir de durer, de se sauvegarder, le mieux et le plus longtemps possible. Des gardiens donc de cette loi élémentaire qui veut la survie de l'espèce (et, localement, celle du groupe, du pays), dans la paix et la dignité, mais que transgresse sans cesse une autre loi, plus obscure, sauvage – celle qui veut l'expansion indéfinie de soi, qui dicte à l'individu le désir, non simplement de durer, mais de croître et s'enfler, et se diviniser. Deux lois adverses, ennemies mortelles même, mais organiquement liées. Et cette lutte sempiternelle rythme le tempo de l'Histoire.

Mais est-ce tout ? Le mouvement de l'Histoire se réduit-il à ce rythme binaire ? Non, si l'on pressent qu'en amont, dans les confins du temps, il y a ce mystère d'un Dieu se retirant « de lui-même en lui-même » après avoir créé le monde afin de laisser place à l'homme, place vacante et liberté illimitée. Non, si l'on pressent que dans la marge qui frange (ou plutôt effrange, troue) le temps, le silence de ce Dieu en exil souffle sans fin son chant ténu, très blanc.

Que ceux qui n'aiment que le bruit et la fureur d'un monde en proie à la convulsion des convoitises, comme Régane, Goneril et Edmond, n'entendent pas, et même ne soupçonnent pas un tel silence, c'est l'évidence (bien que cette « évidence » n'aille pas si aisément de soi et pose en vérité de terribles questions). Mais ceux qui, à l'instar des valeureux Kent et Edgar, font œuvre de justice, de pacification, entendent-ils davantage ce silence divin ? Cela n'est pas sûr, car ce n'est pas ce mystère-là qui préside à leurs actes et dicte leur conduite. Ils sont des êtres de raison, leurs pensées sont lestées de rigueur, guidées par la sagesse et l'expérience ; ils sont gens de parole et d'honneur, la fidélité à un ordre établi et jugé équitable leur suffit. Ils ont le sens de l'humain, et l'intelligence du cœur. Cela est déjà d'importance pour faire contrepoids aux tyrans. Il n'est pas indispensable qu'ils soient troublés, éblouis ou brûlés, par le mystère de ce silence. Ils sont les fidèles gardiens d'une loi élémentaire, vitale, qui peut fort bien se passer d'un au-delà pour se fonder et s'ériger, et structurer les sociétés humaines ; ils sont d'ailleurs nombreux, les défenseurs de cette loi, à refuser un tel recours extérieur, à récuser la transcendance, laquelle même serait nuisible au sain épanouissement de l'humanité. Le credo de l'humanisme peut donc parfaitement se dispenser de Dieu, que celui-ci soit conçu comme Parole ou comme Silence.

Alors, aussi remarquables soient les figures d'Edgar et de Kent, elles ne permettent pas de s'aventurer plus avant du côté de ce vide que Dieu aurait creusé en se retirant du monde, en se dépouillant de sa puissance et de son verbe.

Une autre figure, frêle et discrète, conduit de ce côté.

Cordélia, à la folie

QUAND le roi Lear met en joute oratoire l'amour de ses filles, les deux aînées s'avancent et clament leurs tirades enjôleuses. Et la cadette, *à part*, se murmure doucement, après la péroraison de Goneril : « Que dira Cordélia ? Qu'elle aime et se taise » (Acte I, sc. 1). D'emblée, d'instinct, elle établit entre l'amour et le silence un accord essentiel. Puis, lorsque Régane a débité à son tour ses flagorneries, elle constate en sourdine : « Soit, pauvre Cordélia ! / Mais non, pas vraiment pauvre, tant je sais / Que mon cœur est plus riche que ma langue ! » Avec une intuition d'une justesse fulgurante elle renverse de fond en comble le rapport communément admis entre la pauvreté et la richesse, entre l'ombre et l'éclat, la maladresse et l'éloquence.

Elle, la plus petite, une enfant presque, elle

se tient à la proue de la vie, dans les hauteurs du sens et l'ampleur des lointains, tandis que ses sœurs restent agglutinées en poupe, les yeux tout barbouillés de faux-semblants et de mirages.

Cordélia la petite – une Enfant, vraiment. Comme sainte Thérèse de Lisieux s'exclamant, après avoir sondé sa lumineuse pauvreté : « Eh bien ! moi je suis l'Enfant [...] Ce ne sont pas les richesses et la Gloire (même la Gloire du Ciel) que réclame le cœur du petit enfant [...] Ce qu'il demande c'est l'Amour [...] Mais comment témoignera-t-il son *Amour*, puisque l'*Amour* se prouve par des œuvres ? Eh bien, le petit enfant *jettera* des *fleurs*, il embaumera de ses *parfums* le trône royal, il chantera de sa voix argentine le cantique de l'Amour[1]... »

C'est bien ainsi que se comporte Cordélia, elle qui ne sait qu'aimer, aimer si intensément et simplement qu'elle ne peut exprimer son amour qu'en répandant un délicat silence autour du trône royal. « Je ne dirai rien, monseigneur. » Tel est le candide aveu d'amour de Cordélia à son père – un aveu déroutant, une preuve par le vide, par voie négative, par l'absurde. « Rien ? », s'écrie Lear stupéfait. Lear qui, en cet instant, n'est plus qu'un vieillard capricieux et borné. Mais Cordélia sait bien que son père ne se réduit pas à ce fantoche avide de flatteries, l'amour qu'elle lui voue est nourri par une tout autre connaissance qu'elle a de lui, et elle ne veut ni ne peut l'engluer dans des paroles emphatiques, impudiques. Elle ne veut ni ne peut vicier son amour en le jetant, en public de surcroît, dans la balance de l'intérêt, le monnayer contre des terres, des richesses. Elle sait, elle, que son vrai père n'est pas dans ce « séisme » de sa colère, ni dans le « feu » de ses menaces, ni dans le « vent » de ses caprices. Mais qu'il est du côté du silence, du soupir, du sourire – et des larmes aussi, versées parfois en secret. Elle est semblable à Thérèse de Lisieux écrivant : « Je compris que l'AMOUR RENFERMAIT TOUTES LES VOCATIONS, QUE L'AMOUR ÉTAIT TOUT, QU'IL EMBRASSAIT TOUS LES TEMPS ET TOUS LES LIEUX [...] EN UN MOT, QU'IL EST ÉTERNEL ! [...] MA VOCATION, C'EST L'AMOUR [2] !... » Un amour sans compromis, sans garantie ni garde-fou, sans même attente d'une récompense.

Et Cordélia répète, avec franchise et fermeté : « Rien. »

« De rien ne te viendra rien ! Parle encore », lance Lear en courroux. La tentation s'intensifie, s'arme de menace, en vain. La vocation de Cordélia est d'aimer contre vents et marées, voilà tout. « Qu'elle aime et se taise. » Ce qu'elle fait. Alors se déchaîne la colère de Lear.

De rien, tout peut advenir. En premier le

malheur : la ruine, l'outrage, le bannissement et la malédiction paternelle frappent Cordélia comme la foudre. Elle ne cherche pas à se défendre ; elle a pris le risque de la plus folle des franchises, elle en assume les désastreuses conséquences. Car, aussi injuste et douloureuse soit la disgrâce dont elle est victime, celle-ci reste de peu de poids en comparaison de la grâce intérieure qui anime et soutient Cordélia. « Très pure Cordélia, dans ta pauvreté la plus riche, / Et la plus digne d'être élue, ô délaissée... », lui dit celui que tant de candeur et de force d'âme émerveillent. De rien vient donc aussi beaucoup à Cordélia : la reconnaissance et le respect des justes. Mais elle n'en tire nulle vanité, elle reçoit le bien comme elle accuse les coups du mal, avec pudeur et dignité.

De rien lui viendra également la mort. Mais n'a-t-elle pas par avance consenti à tout, au nom de cette vocation qui est la sienne – aimer, absolument ?

Pour mieux tourner autour du personnage de Cordélia il faut revenir à celui de Lear, et redéplacer celui-ci dans le contexte illimité du très problématique silence de Dieu.

Et si Lear n'était pas aussi atteint de surdité du cœur, de cécité de l'âme qu'il se complaît à le faire croire ? Et si Lear ne jouait au veau d'or goulu de louanges obséquieuses, de veule adulation, que pour mettre à l'épreuve le cœur de ses filles d'une manière bien plus subtile qu'il n'y paraît ? Laquelle sera assez fine pour déjouer le piège tendu, laquelle surtout se révélera pure au point de parvenir à résister à la fabuleuse tentation mise en scène par le roi ? Il s'agirait alors d'une ordalie d'une périlleuse ambiguïté – comme celle à laquelle Dieu soumit Job.

Lear avec ses filles, Dieu avec Job : un même désir – n'être aimé que pour soi-même, sans autre enjeu que l'amour pur ; être aimé « à vide », pour rien, pour la beauté et la largesse du geste, pour la splendeur de la geste du cœur. C'est cette geste toute de vent, de nuit, de silence et d'absence que Simone Weil a célébrée dans son œuvre et sa vie. « L'avare, par désir de son trésor, s'en prive. Si l'on peut mettre tout son bien dans une chose cachée dans la terre, pourquoi pas en Dieu ? Mais quand Dieu est devenu aussi plein de signification que le trésor pour l'avare, se répéter fortement qu'il n'existe pas. Éprouver qu'on l'aime, même s'il n'existe pas. C'est lui qui, par l'opération de la nuit obscure, se retire afin de ne pas être aimé comme un trésor par un avare[3]. »

Goneril et Régane entrent de plain-pied dans le piège, elles foncent droit où scintille l'appât, elles vivent dans le court terme, la hâte, la gloutonnerie des sens. La cadette demeure en retrait, elle use du silence comme d'un chant, une oraison du cœur. Les aînées y gagnent tout, du moins pour un temps, la cadette y perd tout. C'est dans la logique du monde autosuffisant et autosatisfait où règne la loi du plus fort, du plus rusé, sinon du plus violent et du plus fourbe. C'est l'exemple donné la plupart du temps par l'Histoire, et à présent plus que jamais.

Mais l'épreuve ne s'arrête pas là, surtout pour Cordélia. Au fil du temps elle aurait pu se lasser, se rebeller, chercher revanche, ou au moins se détourner de ce père qui l'avait déchue, et le renier à son tour. Il n'en est rien. Pas un instant elle ne regrette sa franchise ni ne se repent d'aimer, aussi ingrat et inique soit en apparence l'objet de son amour. Cordélia est de la trempe de Thérèse de Lisieux déclarant, du fond de son agonie : « Cette parole de Job : "Quand même Dieu me tuerait j'espérerais encore en lui" m'a ravie dès mon enfance. Mais j'ai été longtemps avant de m'établir à ce degré d'abandon. Maintenant j'y suis ; le bon Dieu m'y a mise, il m'a prise dans ses bras et m'a posée là [4]... »

Tel est le paradoxe : Dieu se retire de sa Création pour permettre aux hommes de forger et de laisser s'épanouir pleinement leur liberté, mais, par cet admirable don même, il met les hommes en tragique péril, car ils sont foule ceux qui fourvoient leur liberté en se laissant griser par la « vacance » de la terre, par ce bel usufruit dont ils veulent jouir à outrance ; et les justes soumis à l'épreuve du mutisme de Dieu aux heures de détresse, soumis à l'ordalie des ténèbres, placent encore et toujours leur espérance en ce Dieu très absent. Mais peut-être qu'ainsi, ces justes éprouvés et demeurés fidèles, frôlent-ils alors dans leur errance, dans l'abandon et l'affliction où ils sont plongés, ce Dieu lui aussi en exil, abandonné de lui-même, en et par lui-même ? Dieu en sa nudité, en sa très folle vérité.

Et à nouveau l'expérience de Thérèse de Lisieux s'offre en exemple, elle qui endura sans faillir la nuit aride du néant après avoir « joui d'une foi si vive, si claire ». Elle qui chemina dans la nuit froide et insonore des impies et des pécheurs. « Je ne pouvais croire qu'il y eût des impies n'ayant pas la foi. [...] Aux jours si joyeux du temps pascal, Jésus m'a fait sentir qu'il y a véritablement des âmes qui n'ont pas la foi, qui par l'abus des grâces perdent ce précieux trésor, source des seules joies pures et véritables. Il permit que mon âme fût envahie par les épaisses ténèbres et que la pensée du Ciel si douce pour moi ne soit plus qu'un sujet de combat et de tourments [5]... » Et cette épreuve devait durer jusqu'à sa mort, montant parfois dramatiquement à l'aigu. « Lorsque je veux reposer mon cœur fatigué des ténèbres qui l'entourent, par le souvenir du pays lumineux vers lequel j'aspire, mon tourment redouble ;

il me semble que les ténèbres, empruntant la voix des pécheurs, me disent en se moquant de moi : "Tu rêves la lumière, une patrie embaumée des plus suaves parfums, tu rêves la possession *éternelle* du Créateur de toutes ces merveilles, tu crois sortir un jour des brouillards qui t'environnent ! Avance, avance, réjouis-toi de la mort qui te donnera, non ce que tu espérais, mais une nuit plus profonde encore, la nuit du néant[6]." » Le désarroi est tel que la tentation du renoncement atteint ici son point culminant. Mais Thérèse ne renonce ni ne renie ; se comparant à Marie de Magdala qui se pencha sur le tombeau vide pour le scruter de fond en comble dans le fol espoir de déceler un signe, elle s'abaisse « jusque dans les profondeurs de [son] néant », s'y laisse sombrer sans résister, sans se débattre ni se décourager, elle s'y enfonce même avec une opiniâtreté aussi farouche que vigilante, jusqu'à ce que le mouvement de chute se retourne en envol. « [...] m'abaissant jusque dans les profondeurs de mon néant je m'élevai si haut que je pus atteindre mon but[7]... »

Telle peut être interprétée Cordélia, cet être de démesure et d'infinie douceur, gardienne d'une loi surnaturelle qui dicte au cœur l'oubli de soi et la vocation d'aimer à la folie, d'accomplir les œuvres de la Foi tout en étant privé de la « jouissance de la Foi ».

Telle est Cordélia, la rejetée, la délaissée, qui s'en revient dans sa patrie mise à feu et à sang à cause de la voracité de ses sœurs, afin de porter secours à son père meurtri, le roi déchu devenu « aussi fou que la mer houleuse ». Elle ne recule pas devant l'horreur de la guerre, la vision du champ de bataille, elle affronte le mal à mains nues. « Nulle vaine ambition n'incite nos armes, / Rien que l'amour, un tendre amour et les droits de notre vieux père…/ Puissé-je seulement bientôt l'entendre et le voir ! » (Acte IV, sc. 4).

« L'entendre et le voir » – voilà le vœu insensé qui « sans relâche arde et brûle », selon la belle formule de maître Eckhart, la volonté de ceux et celles qui pourtant consument leur vie dans la nuit du néant, parce que « toujours Dieu verdoie et fleurit » dans leur esprit tenace, insoumis aux preuves apparentes, et très accablantes, de l'absence de Dieu. Comme la belle et noire Sulamite du Cantique des Cantiques qui sans fin s'élance à la recherche de son bien-aimé. « Et qu'on le cherche, / Qu'on le cherche… » supplie Cordélia en quête de Lear parti errer dans les broussailles. Et lorsque enfin elle retrouve ce père fantasque, qui fit d'elle une délaissée, une esseulée, elle ne s'arroge aucun droit de reproche, de critique, elle ne réclame pas de compte, elle demeure humble, d'une humilité si haute et transparente qu'elle est suprême dignité. « Oh, sire, regardez-moi / Et levez au-dessus de moi vos mains bénissantes... / Non, sire, il ne faut pas vous agenouiller » (Acte IV, sc. 7).

*
* *

L'agenouillement. Il fut une femme qui rêvait d'écrire une nouvelle intitulée « La fille qui ne savait pas s'agenouiller » ; elle surabondait d'intelligence, de vitalité et de talent. Les bourreaux de son temps, ivres du pouvoir qu'ils avaient arraché à force de meurtres, et aussi de séduction auprès d'un peuple qui, en partie, se laissa avilir spirituellement, et flouer historiquement, ne lui accordèrent pas le temps d'accomplir son œuvre. Cette jeune femme périt à Auschwitz le 30 novembre 1943.

Etty Hillesum, morte à Auschwitz – lieu du plus vaste autodafé qui fut jamais perpétré et qui jusqu'à aujourd'hui et bien au-delà encore continue et continuera à couvrir de braises notre conscience, de cendres notre mémoire, et à franger de brûlures, à trouer de vide, de honte et de doute toute page désormais écrite. Auschwitz, lieu du plus grand et du plus grave autodafé car lieu où furent détruits « à la source » des livres par millions : chaque être étant un unique livre fait de peau et de sang, fait de gestes, de paroles, de regards, de pas, de rires et de larmes, tout bruissant de mémoire, de songes et de pensées, qui s'écrit dans la rumeur du temps environnant et se démultiplie au fur et à mesure des rencontres qui sont autant de lectures, d'interprétations, de commentaires. Hommes et femmes-livres, enfants-livres aux pages blanches si tôt déchirées.

Le récit que voulait écrire Etty Hillesum a brûlé avec elle, il était en travail dans son esprit, dans sa chair. La personne et son œuvre en gestation ne faisaient qu'un. Double vol et crime à l'infini. Mais elle portait si vivacement, si puissamment ce livre en elle, que son récit, demeuré projet béant sur le plan littéraire, s'était en fait transfondu à son être, à son souffle, à son cœur. Et elle fut la jeune fille, admirablement libre et questionnante, orgueilleuse et irradiante, qui apprit peu à peu (et néanmoins si vite) à s'agenouiller, non par faiblesse, mais par grandeur, par pure grâce et en splendeur.

Un jour de septembre 1942, elle note dans son journal : « Parfois, au moment où on l'attendait le moins, quelqu'un s'agenouille soudain dans un recoin de mon être. Je suis en train de marcher dans la rue, ou en pleine conversation avec un ami. Et ce quelqu'un qui s'agenouille, c'est moi[8]. »

Et ce « moi » qui au plus profond d'elle s'agenouille pour s'épanouir en vibration de silence, n'est déjà plus seulement elle-même, est autre et plus qu'elle. « De fait, ma vie n'est qu'une perpétuelle écoute "au-dedans" de moi-même, des autres, de Dieu. Et quand je dis que j'écoute "au-dedans", en réalité c'est plutôt Dieu en moi qui est à l'écoute. Ce qu'il y a de plus essentiel et de plus profond en moi écoute l'essence et la profondeur de Dieu. Dieu écoute Dieu[9]. »

Mais que peut-il ainsi bien écouter, Dieu, puisque rien ne se dit ? L'écho de son silence en l'homme, peut-être, l'accueil fait par l'homme à son souffle presque imperceptible.

Dieu écoute Dieu du fond sans fond de son propre silence, dans l'obscure rumeur du sang des humains. C'est l'expérience inaugurée par Élie au mont Horeb qui se renouvelle, ailleurs et autrement, et cependant la même. C'est l'expérience vécue par tous les grands mystiques au cours des siècles, tous ceux et celles qui ne claquemurent pas Dieu dans le seul concept de toute-puissance, qui ne le défigurent pas en l'érigeant Justicier implacable servant à cautionner les crimes commis par haine et sectarisme, qui ne le travestissent pas en ventriloque énigmatique ou en grand prestidigitateur faiseur de miracles. C'est l'expérience pâtie par tous ceux et celles qui font patience et vigilance, sans garde ni mesure, dans l'aride désert où pourtant ils sont abandonnés, qui font endurance et fidélité, sans la moindre garantie de la part de Dieu, alors même qu'ils sont persécutés et livrés à la mort au nom de ce Dieu muet, comme firent ces trois justes, Shadrak, Méshak et Abed Nego que le roi Nabuchodonosor ordonna de jeter dans la fournaise pour avoir refusé de se prosterner face à la statue d'or qu'il avait élevée. Shadrak, Méshak et Abed Nego ne voulurent point adorer l'idole, ne cédèrent pas aux menaces, ne renièrent pas, fût-ce en apparence, le Dieu auquel ils croyaient. « Êtes-vous disposés [...] à vous prosterner et à faire adoration à la statue que j'ai faite ? Si vous ne lui faites pas adoration, vous serez incontinent jetés dans la fournaise de feu ardent ; et quel est de dieu qui vous délivrerait de ma main ? » (Dn 3,15).

La réponse des trois justes à ce défi mortel est admirable de placide insolence : « Point n'est besoin pour nous de te donner réponse à ce sujet : si notre Dieu, celui que nous servons, est capable de nous délivrer de la fournaise de feu ardent, et de ta main, ô roi, il nous délivrera ; et même s'il ne le fait pas, sache ô roi, que nous ne servirons pas ton dieu, ni n'adorerons la statue d'or que tu as élevée » (Dn 3,16-18).

Toujours ces prépositions, adverbes et locutions adverbiales exprimant l'opposition, le paradoxe, la résistance, la ténacité : « MALGRÉ TOUT, MÊME SI, POURTANT, QUAND BIEN MÊME, NÉANMOINS... » Petits mots grammaticaux admirables de force et de grandeur tant morales que spirituelles par lesquels l'homme précipité dans le chaos du mal, l'abîme du néant, se ressaisit soudain et s'affirme être doué d'absolue liberté, de pouvoir de pensée, de capacité d'amour et de fidélité au mépris de la mort.

« *Quand même* Dieu me tuerait j'espérerais encore en lui », s'acharne à dire Job supplicié, et l'écho de ces mots ravit par-delà les siècles Thérèse de Lisieux subissant sans faiblir l'âpre nuit du néant ; Thérèse, qui se comparait à un « faible petit oiseau », lequel, *malgré* sa « petitesse extrême ose fixer le Soleil Divin » et qui, lorsque son cœur « se trouve assailli par la tempête » et que le ciel n'est plus que ténébreux amoncellement de nuages alentour, tient vigoureusement et éprouve du bonheur à « RESTER là QUAND MÊME [à] fixer l'invisible lumière qui se dérobe à la foi [10] !... »

« *Même s'*il n'intervient pas », déclarent Shadrak, Méshak et Abed Nego s'avançant « au milieu de la flamme, louant Dieu et bénissant le Seigneur » au nom duquel ils vont au martyre, et qui, lui, ne s'est nullement manifesté à cet instant tragique.

« Père, si tu veux, éloigne de moi cette coupe ! *Cependant*, que ce ne soit pas ma volonté, mais la tienne qui se fasse ! » (Lc 22,42) consent le Christ dans les affres de l'agonie au mont des Oliviers. Et saint Paul n'aura de cesse dans ses Épîtres de souligner ces oppositions, de mettre en relief cette lutte constante à livrer au plus profond de soi, entre soi et soi (car il y a une distinction essentielle à opérer entre deux dimensions de son propre être – l'une, qui est seconde, pétrie par l'environnement social, culturel et historique dans le creuset duquel chaque individu est formé, forgé, « programmé », et l'autre, qui est première, immémoriale, très nue, et lancinée de lointaine lumière, de confuse merveille, d'absolue altérité, et de désir d'éternité).

« Et je crois en Dieu, *même si* avant peu, en Pologne, je dois être dévorée par les poux [11] », écrit Etty Hillesum dans son journal, tandis que se resserre autour d'elle et des siens l'étau qui bientôt les anéantira, et que Dieu ne donne pas la moindre preuve de son existence, pas le plus infime signe de miséricorde.

Etty Hillesum, celle qui « ne savait pas s'agenouiller », a marché droit (par de tortueux détours) vers ces nœuds de contradiction apparente, les a touchés au vif, les a déliés, pulvérisés, et s'est agenouillée dans la clairière de ce mystère ouverte au cœur des ténèbres. Dans le silence de Dieu retiré « de lui-même en lui-même », en un nulle-part insituable, quelque part dans un recoin de l'être humain – de chaque être humain.

Telles seraient alors, peut-être, ces demeures secrètes au fond desquelles Dieu en reflux et rétraction se tiendrait caché

– demeures plus fragiles et ténues qu'un brin de paille, qu'un nid de sable ou d'eau, bâties au point de tangence de l'extrême intimité du cœur humain et des confins de la pensée humaine béants de nuit, de vide. Dieu minuscule et nomade perdu dans l'immensité des déserts de l'inconnaissance, et donc livré au risque de l'oubli, de l'indifférence, et, pire encore, à celui des mirages qui font prendre aux hommes Dieu pour tout autre qu'il n'est. Les intégristes et fanatiques de tous ordres prouvent à quel degré de bêtise et d'infamie peuvent mener ces mirages.

Dieu vulnérable, donc. Comme Lear exténué de chagrin, de misère, vagabondant parmi les herbes folles, l'ivraie et les fleurs de coucou ; et Cordélia, enfin réunie à lui, reléguant ses propres soucis et ses peines en arrière-plan – alors que tous deux sont prisonniers et menacés de mort, lui dit : « C'est pour toi, roi blessé, que je me sens abattue » (Acte V, sc. 3).

Dieu si vulnérable et désarmé qu'il ne peut porter secours à personne quand le bruit et la fureur du monde couvrent de leur fracas son soupir de silence. Le paradoxe éclate ici en totale aberration : Dieu s'est réduit à « zéro ». Etty Hillesum a résolu ce paradoxe avec une simplicité et une générosité éblouissantes : « Et si Dieu cesse de m'aider, ce sera à moi d'aider Dieu. [...] Je prendrai pour principe d'aider Dieu autant que possible et si j'y réussis, eh bien je serai là pour les autres aussi[12]. » Aucune folle exaltation, nulle mégalomanie n'inspirent ces propos ; Etty Hillesum ne se fait pas d'illusions, ni sur la situation tragique des événements, ni sur ses propres forces, et elle précise d'ailleurs aussitôt : « Mais n'entretenons pas d'illusions héroïques sur ce point », tout comme elle avoue une autre fois : « Tu connaîtras sans doute aussi des moments de disette en moi, mon Dieu[13]... »

C'est cet invisible « quelqu'un » qui est elle-même et qui parfois s'agenouille doucement dans un recoin de son être, qui lui inspire cette pensée stupéfiante : aider Dieu, et « défendre jusqu'au bout la demeure qui [l'] abrite en nous[14] ».

Telle serait donc bien la secrète demeure en laquelle ce Dieu Très-Bas aurait élu domicile. Le cœur humain. Mais tant lui refusent abri, tant le chassent, l'expulsent. Et à chaque fois c'est pour ce Dieu mendiant la même douleur aiguë. Comme Lear congédié ainsi qu'un valet malpropre par Goneril puis par Régane qu'il avait pourtant comblées de biens, de pouvoir, de liberté. Lear infiniment meurtri dans son amour et sa confiance, et puni du don munificent qu'il avait accompli. Lear consolé par la fidèle et pure Cordélia, certes, mais n'en restant pas moins affligé par l'ingratitude et la cruauté de ses deux autres filles. Et l'on pense à la parabole de la brebis perdue ; n'est-il pas dit qu'au nom de celle-là, le maître « abandonne les quatre-vingt-dix-neuf autres dans le désert pour s'en aller après celle qui est perdue, jusqu'à ce qu'il l'ait retrouvée » (Lc 15,4) ?, et que lorsque enfin il la retrouve, il la porte tout joyeux sur ses épaules et se réjouit bien davantage de ces retrouvailles que des multiples justes demeurés fidèles ?

Mais le nombre des justes est terriblement éloigné de ce pourcentage – celui-ci est même inversé à l'excès. Pour un juste, combien d'iniques, de fourbes, pour un fidèle, combien de traîtres, de parjures, pour un ardent, combien d'indifférents, et pour un saint, combien de criminels ? La disproportion est gigantesque, tragique. Et le tourment de Dieu, sa douleur, ont cette démesure. De même son errance.

Pendant ce temps les justes abandonnés dans le désert tiennent ferme, malgré leur propre désarroi et leurs heures d'agonie dans la nuit du néant. Même et encore lorsque tout pour eux est consommé sur cette terre. « Mais c'est l'agonie toute pure, sans aucun mélange de consolation… », halète Thérèse de Lisieux au bord extrême de la mort ; puis, un peu plus tard, elle ajoute dans un souffle : « … Et je ne me repens pas de m'être livrée à l'Amour. Oh ! non, je ne m'en repens pas, au contraire [15] ! »

Leur souci premier reste en permanence d'aider ce Dieu démuni, de consoler ce Dieu répudié, de lui trouver de nouveaux abris – les seuls qu'il consente à habiter : l'innombrable cœur humain. Car celles et ceux qui se tiennent à genoux (et cependant tenacement en marche) au profond de leur être dépouillé à l'unisson de Dieu, sentent bien que ce Dieu souffre d'être rejeté par tant et tant de ses enfants fugueurs, rebelles, voleurs et fratricides. Ils savent que, aussi fervent soit leur amour pour Dieu, il ne suffit pas pour combler la faim d'amour de Dieu sans cesse attisée par l'avarice de cœur des pécheurs. Et puis aussi, ils veulent partager cette fabuleuse joie d'aimer en dépit de tout. « Tout ce que j'ai, tout ce que je gagne, c'est pour l'Église et pour les âmes [16] », dit Thérèse de Lisieux exténuée. Et Etty Hillesum, avec son langage toujours frotté à la rugosité du réel, à la matière des choses humaines, écrit : « Les gens sont parfois pour moi des maisons aux portes ouvertes. […] Et je te le promets, je te le promets, mon Dieu, je te chercherai un logement et un toit dans le plus grand nombre de maisons possible. C'est une image amusante : je me mets en route pour te chercher un toit. Il y a tant de maisons inhabitées, où je t'introduirai comme invité d'honneur [17]. » Et elle clôt cette promesse en s'excusant de la trivialité de sa métaphore. Celle-ci est peut-être prosaïque, elle n'en est pas moins d'une grande justesse. Dieu mendie sa demeure dans l'esprit des hommes. Mais parce qu'il mendie comme les plus pauvres parmi les pauvres, sans faire spectacle, sans haranguer et encore moins invectiver, rares sont ceux qui le perçoivent ainsi enfoui dans un obscur recoin de leur être.

Or c'est pourtant du fond de ce sombre réduit qu'irradie la lumière, et sourd le chant de fin silence.

NOTES

1. Thérèse de Lisieux, *Histoire d'une âme – manuscrits autobiographiques*, Cerf, Desclée de Brouwer, 1989, p. 224.
2. *Id., ibid.*, p. 222.
3. Simone Weil, *La Pesanteur et la Grâce*, *op. cit.*, p. 24.
4. Thérèse de Lisieux, *Histoire d'une âme*, *op. cit.*, p. 306.
5. *Id., ibid.*, p. 241.
6. *Id., ibid.*, p. 243.
7. *Id., ibid.*, p. 221.
8. Etty Hillesum, *Une vie bouleversée*, *op. cit.*, p. 193.
9. *Id., ibid.*
10. Thérèse de Lisieux, *Histoire d'une âme*, *op. cit.*, p. 226 et 227.
11. Etty Hillesum, *Une vie bouleversée*, *op. cit.*, p. 135.
12. *Id., ibid.*, p. 160-161.
13. *Id., ibid.*, p. 166.
14. *Id., ibid.*
15. Thérèse de Lisieux, *Histoire d'une âme*, *op. cit.*, p. 310 et 311.
16. *Id., ibid.*, p. 306.
17. Etty Hillesum, *Une vie bouleversée*, *op. cit.*, p. 196.

Le fou, tout simplement

Ce que découvre Lear une fois déchu de son royal pouvoir, comme tous les rois qui hantent le théâtre de Shakespeare, c'est la réalité du monde : le monde à l'état brut (et non pas à l'état nu, originel), dans toute sa crudité, sa rudesse, sa cruauté. Le monde où prime la loi du plus fort, du plus menteur, du plus vorace, et aujourd'hui plus que jamais ; le monde où se célèbrent le culte de la Déesse Nature selon Edmond, celui des Titans de tous ordres – Titans à présent magnifiés par la technique, et celui de Mammon – triomphant, celui-là, et aussi, en bonne et trémoussante place, celui d'un Éros égotiste, voyeur autant qu'obscène. La vénération du ventre et du bas-ventre dont la prêtresse télévision et ses acolytes multimédiatiseurs célèbrent la gloire à l'envi.

Nous sommes au siècle des génocides, mais

le monde a toujours été tel que l'a décrit Shakespeare avec une acuité et une justesse extraordinaires – féroce, cynique, sanguinaire. Et il continue à l'être, avec acharnement, avec délectation, se dotant de moyens de plus en plus puissants, rapides, cataclysmiques, pour accomplir son gros labeur de destruction. Son œuvre au noir, au feu, au sang. Et il continuera, car l'Histoire a la mémoire partiale et fallacieuse et aucun désastre ne semble lui imposer de leçon efficace.

Edgar, lorsqu'il découvre son père énucléé, s'afflige en sourdine : « Ô dieux ! qui peut savoir s'il a atteint le pire ? / M'y voici plus que jamais... / [...] Et, qui sait, j'aurai pire à connaître encore. / Car ce n'est pas le pire, / Aussi longtemps que nous pouvons penser : "C'est là le pire !" » (Acte IV, sc. 1).

Ce siècle semble être parvenu au comble du mal et de la barbarie, et aussi de l'arrogance et de la bêtise – certes, avec brio et grand raffinement comme en témoignent les prouesses de la technologie. Mais il n'a pas dit son dernier mot, et le siècle qui vient en rajoutera probablement à profusion.

Il faut s'attendre au pire, qui n'est jamais atteint, ne s'avoue jamais repu et sans cesse récidive.

Et c'est pourquoi il faut indéfiniment se remettre à l'écoute du silence de Dieu, envers et malgré tout. A l'écoute de ce Verbe qui présida à l'éclosion du monde, à la percée de la lumière, qui dialogua avec les prophètes, puis se fit Chair, et se répandit à nouveau en silence, renouant avec son mystérieux retrait originel. Alors, écoute impossible, intenable ? Oui et non – de toute façon, ce qui importe, c'est de considérer l'urgence, la nécessité de cette écoute, plutôt que son impossibilité. Pour que l'audition puisse enfin avoir lieu, il faut forcer l'écoute à l'extrême, lutter contre sa propre surdité, aussi coriace soit-elle, jusqu'à parvenir à transmuer le silence en murmure, en chant de fin silence. A la manière de Thérèse de Lisieux déclarant : « Oui, pour que l'Amour soit pleinement satisfait, il faut qu'Il s'abaisse, qu'il s'abaisse jusqu'au néant et qu'il transforme en *feu* ce néant [1]… » Le silence est une im-matière fissible, il faut la briser à force d'écoute et d'interrogation jusqu'à provoquer l'émanation et l'épanchement de l'immense réserve d'énergie contenue en elle.

Et, comme le Fou criant à Lear chassé par sa fille : « M'n'oncle Lear, m'n'oncle Lear, attends-moi ! / Emmène ta folie ! » (Acte I, sc. 4), c'est ce qu'il convient de dire au fond de soi à ce Dieu de silence et de dépouillement qui erre à travers toute la terre, se blesse au tranchant des sombres jours de l'Histoire, qui va on ne sait où : « Attends-nous, emmène ta folie ! »

Tous les justes, les martyrs, les transparents que sont les humbles ardés de sainteté, n'ont jamais dit autre chose : – Attends-nous, emmène tes folles et tes fous sur la trace de tes pas invisibles essaimés dans l'épaisseur du temps comme autant de caresses.

*
* *

« Vint, vint.
Vint une parole, vint,
vint à travers la nuit,
voulut luire, voulut luire [2]. »

Et quand bien même la parole resterait à jamais enfouie dans la nuit, ne parviendrait pas à luire, le fait de l'avoir attendue, d'avoir profondément désiré son surgissement, son bruissement, suffit déjà à éclairer cette nuit noire, – d'un halo minuscule, soit, mais porteur d'espérance.

NOTES

1. THÉRÈSE DE LISIEUX, *Histoire d'une âme, op. cit.*, p. 223.
2. Paul CELAN, *Strette, op. cit.*

Table

"Littérature ouverte"

Sylvie GERMAIN
Les échos du silence

Jean-François BOUTHORS
Jonas l'entêté

Colette NYS-MAZURE
Célébration du quotidien

Georges BAGUET
Le miroir allemand

Claude-Henri ROCQUET
Les cahiers du déluge

Brigitte DE SAINT MARTIN
Si je t'oublie, Constantin...

Catherine PAYSAN
La prière parallèle

Gabriel RINGLET
Un peu de mort sur le visage

8e édition - 20e mille

Cet ouvrage a été achevé d'imprimer
le 3 janvier 1998
dans les ateliers de Normandie Roto Impression s.a.
à Lonrai (Orne)
pour le compte des Éditions Desclée de Brouwer
N° d'impression : 972796
Dépôt légal : janvier 1998

Imprimé en France